PRINCESSE OU GRENOUILLE?

Tu penses pouvoir supporter un autre épisode du journal de Jasmine Kelly?

n° 1 OUBLIE ÇA!

n° 2 MON JEAN PORTE-MALHEUR

n° 3 PRINCESSE OU GRENOUILLE?

n° 4 INUTILE, ÇA SERT À RIEN

n° 5 LES ADULTES? UNE CAUSE PERDUE!

n° 6 LE PROBLÈME, C'EST QUE JE SUIS D'ICI

n° 7 NE SOUS-ESTIME JAMAIS TA STUPIDITÉ

n° 8 C'EST PAS MA FAUTE SI JE SAIS TOUT

n° 9 AMIES? PAS SI SÛR!

n° 10 CROIS-MOI, LES PIRES CHOSES DANS LA VIE
SONT AUSSI GRATUITES

n° 11 ET SI J'AVAIS VRAIMENT
DES SUPERPOUVOIRS?

n° 12 MOI! (COMME TOI, MAIS EN MIEUX)

Les chroniques de Jim Benton,
directement de l'école secondaire Malpartie

mon JOURNAL FULL NUL

PRINCESSE OU GRENOUILLE?

Le journal de Jasmine Kelly

Texte français de Marie-Josée Brière

Éditions
SCHOLASTIC

Catalogage avant publication de Bibliothèque et Archives Canada

Benton, Jim

Princesse ou grenouille? / Jim Benton; texte français de Marie-Josée Brière.

(Mon journal full nul)

Traduction de : Am I the Princess or the Frog?

Pour les 9-12 ans.

ISBN 0-439-94069-9

I. Brière, Marie-Josée II. Titre. III. Collection: Benton, Jim Mon journal full nul.

PZ23.B458Pr 2006   j813'.6   C2005-907113-3

ISBN 978-0-439-94069-6

Édition publiée par les Éditions Scholastic,
604, rue King Ouest, Toronto (Ontario) M5V 1E1.

8 7 6 5 4   Imprimé au Canada 116   12 13 14 15 16

À tous les chiens fidèles,
et en particulier à ceux qui
ont déjà trottiné à mes côtés :
Max, Truffles, Josette, Max,
Mimi, Billy, Sadie et Henry

Avec un merci tout spécial à
Maria Barbo, Steve Scott,
Susan Jeffers Casel
et Shannon Penney

CE JOURNAL
APPARTIENT À

Jasmine Kelly

ÉCOLE : École secondaire Malpartie

CASIER : 101

MEILLEURE AMIE : Isabelle

DESTIN : Princesse ou
espionne/ballerine

ANIMAL PRÉFÉRÉ : Machin-chose
en forme de beagle

ATTENTION!

Tu cours de graves dangers
en continuant à lire!

Je suis sérieuse!
Une terrible malédiction
s'abattra sur toi si tu vas
plus loin! Et quand
je dis terrible,
ça veut dire
T-E-R-R-I-B-L-E!!!

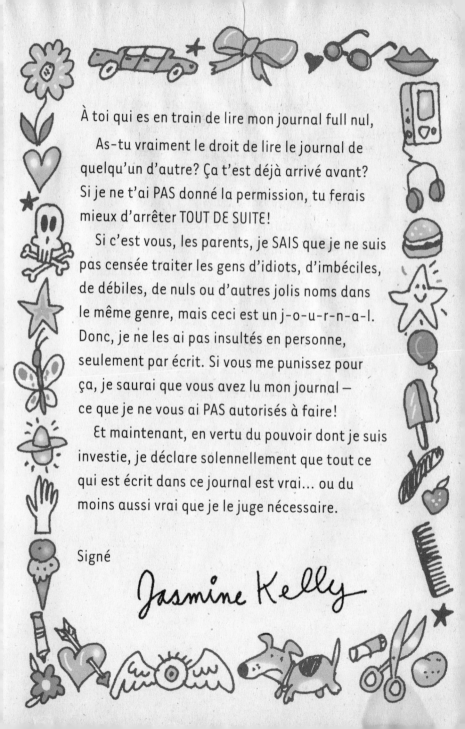

À toi qui es en train de lire mon journal full nul,

As-tu vraiment le droit de lire le journal de quelqu'un d'autre? Ça t'est déjà arrivé avant? Si je ne t'ai PAS donné la permission, tu ferais mieux d'arrêter TOUT DE SUITE!

Si c'est vous, les parents, je SAIS que je ne suis pas censée traiter les gens d'idiots, d'imbéciles, de débiles, de nuls ou d'autres jolis noms dans le même genre, mais ceci est un j-o-u-r-n-a-l. Donc, je ne les ai pas insultés en personne, seulement par écrit. Si vous me punissez pour ça, je saurai que vous avez lu mon journal — ce que je ne vous ai PAS autorisés à faire!

Et maintenant, en vertu du pouvoir dont je suis investie, je déclare solennellement que tout ce qui est écrit dans ce journal est vrai... ou du moins aussi vrai que je le juge nécessaire.

Signé

Jasmine Kelly

P.-S. : Si c'est toi, Tu-sais-qui, tu as parfaitement le droit de continuer. Mais si c'est Tu-sais-qui-d'autre, tu ferais mieux de fermer ce livre tout de suite, sinon Tu-sais-qui va te mettre un tu-sais-quoi tu-sais-où. Tu vois ce que je veux dire?

P.P.-S. : Je sais que tu ne crois pas aux fées ou aux autres créatures dans le même genre. Alors, si tu continues à lire, tu vas probablement te dire que les fées ne peuvent pas te transformer en grenouille. Mais je suis sûre que tu crois aux marteaux, que tu sais que j'en ai un et que tu sais que je sais où est ta tête. Alors, disons que ce n'est pas surtout des fées que tu devrais t'inquiéter si tu continues à lire.

Samedi 31

Isabelle a passé presque toute la journée ici et on a planifié notre avenir ensemble. On va se marier à des jumeaux identiques, habiter l'une à côté de l'autre et avoir le même nombre d'enfants (neuf filles et huit garçons), qui vont avoir exactement les mêmes âges dans les deux familles.

On va avoir notre propre boutique de vêtements, mais on ne vendra que des cochonneries aux gens qu'on déteste. Nos maris vont être pompiers, médecins ou je ne sais pas quoi d'autre. En tout cas, il faudra qu'ils fassent tous les deux le même métier pour éviter qu'une de nous deux soit plus riche que l'autre. Et si un des deux a un accident et qu'il perd un pied, par exemple, l'autre va devoir se couper le pied pour égaliser les choses.

J'étais d'avis qu'on ne pouvait pas raisonnablement s'attendre à ce qu'un mari fasse une chose pareille, surtout si, plutôt que de se faire couper le pied, l'autre mari tombait d'un avion. Mais Isabelle dit qu'elle connaît les garçons beaucoup mieux que moi et que nos maris vont être tellement fous de nous qu'ils vont probablement avoir cette idée-là tout seuls de toute manière.

Dimanche 1er

Cher journal full nul,

Encore une fois, ma mère a commis, ce soir, un de ses célèbres crimes alimentaires. Et, encore une fois, me voici dans ma chambre, en train de me tordre de douleur et de me demander comment la police appellerait ce crime-là. Une **agression avec arme à pain**, peut-être? Ou alors un **consommicide**?

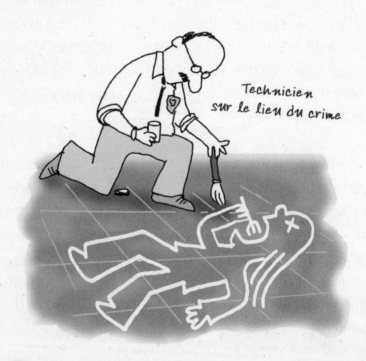

Technicien sur le lieu du crime

Je ne sais vraiment pas ce que ma mère a mis dans son « **délice** » **à la viande**, mais je suis sûre qu'elle cache quelque part un livre de recettes intitulé **101 Recettes avec des ingrédients innommables.**

Mon père et moi, on a essayé de ne pas trop se plaindre de la bouffe parce que ma mère a eu, il y a quelques semaines, un autre de ses épisodes Personne-n'apprécie-tout-le-travail-que-ça-représente-de-faire-les-repas-mais-un-jour-vous-allez-aimer-ma-cuisine. Quand j'y repense, c'est vrai qu'on n'aurait probablement pas dû se pincer le nez tout le long du repas.

Au moins, j'avais eu la bonne idée de me faire un collier de Rolaids, ce qui m'a permis de m'auto-médicamenter pendant le repas. Mon père n'a pas eu cette chance-là, malheureusement.

Ma mère pourrait se poser des questions si mon père portait un gros collier clinquant à table.

AVERTISSEMENT À MES FUTURS ENFANTS...

si j'ai des enfants un jour et qu'ils sont en train de lire mon journal : Je veux que vous sachiez, pauvres petits, qu'il ne faut JAMAIS manger la cuisine de votre grand-mère. Sachez aussi, mes lapins chéris, que vous êtes punis pour avoir lu mon journal. Alors, venez trouver maman tout de suite pour lui raconter ce que vous avez fait, parce que vous méritez une ÉNORME punition.

Et je vais le dire au père Noël!

Chers enfants!
Attention à l'horrible rôti de je-ne-sais-quoi
de grand-maman!

Comme on est dimanche, cher nul, j'ai un devoir à finir pour demain, même si j'aimerais bien mieux rester écrasée sur le divan à regarder des émissions de téléréalité en reprise. Comme mon père me l'a fait remarquer — je suppose qu'il voulait se rendre utile —, si j'avais fini mes devoirs vendredi, je pourrais me détendre maintenant. Les pères sont vraiment bons pour faire remarquer **ce que tout le monde sait déjà**.

En tout cas, on est en train de finir le segment sur la poésie dans le cours de français, et je devais écrire un poème sur mes sentiments. Regarde un peu ce que ça a donné :

Chère maman, tu m'as aidée à grandir,

À m'épanouir comme une fleur.

Alors maintenant, pourrais-tu me dire

Pourquoi je dois manger tes horreurs?

Lundi 2

Cher journal,

ANGÉLINE!

Je me demande bien ce qu'Angéline a encore derrière son horrible tête... pas si horrible que ça, bien sûr! Quant à son derrière, j'aime autant ne pas y penser. Tu vois ce que je veux dire...

Tu te rappelles, la semaine dernière? Je t'ai dit qu'Isabelle m'avait dit qu'Anik Martin, l'amie d'Annie Fournier (à qui on parle de temps en temps même si elle est née avec un terrible handicap : elle a un an de moins que nous), qui est elle-même l'amie d'une Vanessa Quelque-Chose qui connaît la cousine d'Angéline, lui a dit qu'elle avait entendu dire qu'Angéline avait découvert une nouvelle technique top secrète pour se laver les cheveux.

Il paraît qu'Angéline aurait inventé quelque chose comme le **SHAMPOUINAGE ZONAL**. L'idée, c'est que tu laves chacune des zones de ta tête avec un shampoing au parfum différent. Donc, chaque fois qu'elle le veut, Angéline n'a qu'à agiter ses cheveux dans un sens ou dans l'autre pour envoyer une bouffée d'odeur délicieuse jusque sous ton nez... qui ne se doute de rien, le pauvre! Et le pire, c'est qu'elle peut choisir dans quel ordre elle se secoue les cheveux de manière à combiner les fragrances, pour donner aux gens l'impression qu'ils viennent de sentir une tarte aux pommes avec de la crème glacée vanille-cannelle, ou encore un Smoothie kiwi-fraises avec une touche de limette.

Mais pourquoi est-ce que quelqu'un voudrait faire une chose aussi diabolique?

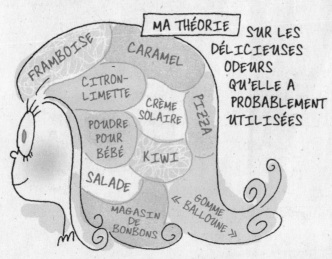

MA THÉORIE SUR LES DÉLICIEUSES ODEURS QU'ELLE A PROBABLEMENT UTILISÉES

FRAMBOISE
CARAMEL
CITRON-LIMETTE
CRÈME SOLAIRE
PIZZA
POUDRE POUR BÉBÉ
KIWI
SALADE
MAGASIN DE BONBONS
« GOMME BALLOUNE »

En tout cas, cher nul, je peux te donner une bonne raison de ne PAS le faire. J'ai essayé le shampouinage zonal hier et, ce matin, quand j'ai voulu envoyer à Henri Riverain — le huitième des plus beaux gars de la classe — une bouffée de Délice aux framboises (du côté droit de ma tête) combinée à des vapeurs de Coco tropical (sur le quadrant inférieur gauche), mon prof de français, M. Ernest — qui passait justement par là —, a cru que je faisais une crise d'épilepsie. Il m'a amenée au bureau, et l'infirmière de l'école m'a dit de m'étendre sur le petit lit quelques minutes.

FLIP FLAP

FLIP FLAP

Sérieusement, est-ce que ça ressemble à une crise d'épilepsie?!

Et puis, à l'heure du dîner, Isabelle a admis qu'elle avait peut-être mal compris toute cette histoire et qu'elle en avait peut-être inventé des bouts. Mais je ne peux pas la blâmer parce que ça ressemble tellement aux manigances d'Angéline que, si j'avais inventé ça moi-même, je me serais probablement crue.

Mardi 3

Cher toi,

J'ai été la première à lire mon poème devant la classe au cours de M. Ernest. Je pense qu'il l'a aimé. Il a dit quelque chose sur quelque chose, et ensuite autre chose sur quelque chose d'autre, et je pense qu'il a peut-être continué à parler d'autre chose pendant un certain temps, avant de conclure en disant quelque chose à propos de quelque chose. Je sais que je devrais écouter M. Ernest plus attentivement, mais j'essayais de regarder Angéline du coin de l'œil et je n'ai rien entendu de ce qu'il a dit.

En plus, j'essayais en même temps de regarder Henri du coin de l'autre œil. Il faut donner ça à M. Ernest : ça pouvait peut-être, en effet, ressembler de très loin à une crise d'épilepsie — comme l'autre jour —, alors il m'a envoyée au bureau encore une fois pour que je m'étende quelques minutes sur le petit lit.

Même si M. Ernest était à peu près certain que j'étais en train de perdre la boule, il a pris bien soin de m'annoncer notre prochain devoir avant que je sorte. Maintenant qu'on a fini la poésie, on doit choisir un conte de fées connu et faire un travail là-dessus.

Il y a des profs qui s'en fichent vraiment si on est malades. Tout ce qu'ils veulent, c'est qu'on travaille. J'ai entendu parler d'un gars qui s'était fait couper les deux jambes par une souffleuse en se rendant à l'école et qui avait quand même dû se traîner jusque-là parce qu'il était dans la classe de M. Ernest. Et M. Ernest est tellement strict qu'il l'a déclaré **partiellement** absent!

Mercredi 4

Cher journal full nul,

Comme tu le sais, cher nul (puisque je dessine sur toi tous les jours), les arts plastiques sont une de mes matières préférées. Mais aujourd'hui, dans le cours d'arts, Mlle Angrignon (la prof qui est assez belle pour être serveuse dans un restaurant) nous a annoncé qu'on allait faire un travail de photo – puisque c'est un art, d'après elle.

À mon avis, on pourrait tout aussi bien prétendre que c'est la même chose d'enregistrer une chanson et de la chanter, mais comme Mlle Angrignon est un des rares profs que j'aime vraiment beaucoup, je lui ai jeté un regard juste un tout petit peu de travers quand elle a dit ça.

Mlle Angrignon n'est pas obligée d'être prof.

Elle serait même assez belle pour vendre des souliers.

Si j'avais su qu'elle allait me mettre avec Angéline pour le travail, je lui aurais jeté un regard beaucoup plus de travers. **Peut-être même le n⁰ 11!**

(N.B. : C'est important de s'exercer à jeter des regards de travers et de les numéroter — et surtout, de ne jamais les combiner. Un jour, j'ai lancé le n⁰ 8 et le n⁰ 4 en même temps, et on aurait dit que je souriais! C'est une longue histoire, mais c'est à cause de ce sourire accidentel que je me suis retrouvée, bien malgré moi, au magasin avec ma tante, qui voulait s'acheter un de ses énormes soutiens-gorge de baleine.)

Mon arsenal de regards de travers

Nos travaux de photos vont être affichés à la caf à la fin du mois pour que toute l'école puisse les voir. Angéline avait déjà une idée pour le nôtre et, avant même de m'en parler, elle a déballé sa salade devant toute la classe. Je t'assure, cher nul, elle a lâché ça sans prévenir, comme on lâche un pet!

Angéline a annoncé qu'on allait demander à tous les profs une photo d'eux quand ils étaient petits et en faire un grand collage pour que tout le monde puisse constater — du moins, je suppose que c'est ça, l'idée — les ravages du temps sur le corps humain. Mlle Angrignon a adoré le concept, bien sûr. Comme elle est vraiment jolie encore aujourd'hui — ça se voit comme le nez au milieu du visage —, elle était sûrement magnifique avant de devenir prof (puisqu'il est matériellement impossible que le travail avec des enfants puisse améliorer l'apparence de quelqu'un).

Alors, elle nous a dit de nous mettre au travail.

La femme qui travaillait avec des enfants

Jour 1   Jour 2

15

Je sais ce que tu penses, cher nul. Tu brûles d'envie de me dire : « Wow, Jasmine ! Tu es hyper jolie et tu danses super bien. » Je ne vais sûrement pas te contredire, mais s'il te plaît, n'essaie pas de changer de sujet. La tragique saga du cours d'arts n'est pas terminée.

C'est vrai que je danse comme une déesse...

Ma soi-disant meilleure amie, Isabelle — à qui il manque sûrement la partie du corps où se trouve l'âme (Est-ce qu'on appelle ça le trou d'âme? Sais pas. Suis pas médecin.) —, a annoncé à tout le monde le sujet de son travail : elle va afficher des photos de tous les élèves de la classe avec leur animal préféré, pour montrer que les gens et leurs animaux se ressemblent souvent.

« LES GENS ET LEURS ANIMAUX DE COMPAGNIE SE RESSEMBLENT SOUVENT. »

C'est ce qu'elle a dit, mot pour mot!

Premièrement, mon animal est un chien — le symbole international des **filles laides** — et en plus, c'est un chien à qui les autres chiens sont contents de ne pas ressembler.

Enfin... Sac-à-puces n'est pas vraiment laid, mais si les autres chiens le flairent, c'est uniquement pour savoir à quel bout se trouve sa tête.

Alors, merci beaucoup, Isabelle!

P.-S. : J'ai essayé discrètement de sentir la tête d'Angéline sur les deux côtés pour voir si elle pratique vraiment le shampouinage zonal. Je n'ai pas vu de différence. Je pense que tout ça, c'est du vent.

P.P.-S. : J'ai quand même découvert que les gens trouvaient ça très étrange qu'on essaie de leur sentir les deux côtés de la tête.

Ce n'est pas la première fois que je fais des choses étranges...

J'ai essayé de regarder discrètement l'intérieur du nez de mon oncle.

J'ai goûté à mon peigne.

Mmmmm Mmmmm

Je me suis fait prendre en train de m'exercer à embrasser en me servant de mon bras.

Jeudi 5

Cher journal full nul,

Eh oui, on est jeudi. Et le jeudi, à l'école secondaire Malpartie comme dans tous les pénitenciers du monde, c'est traditionnellement le **jour du pain de viande.** Ce qui veut dire aussi que c'est traditionnellement le jour où on se fait engueuler par la Brunet, la surveillante de la caf, parce qu'on ne finit pas notre pain de viande.

J'ai mentionné tout doucement que même les concurrents de *Facteur de risques* ne finiraient pas ce pain de viande-là. J'ai dû le dire assez fort pour que la Brunet m'entende, avec ses oreilles bioniques, parce qu'elle est venue se planter juste à côté de ma table et qu'elle m'a demandé :

« Quoi? Qu'est-ce qu'il a de si terrible, le pain de viande? »

Et puis, elle en a pris une bouchée...

Bon, je vais te dire une chose : je ne déteste pas les profs. Il y en a quelques-uns que je ne trouve pas trop nuls. (J'ai même dit bonjour à Mme Belcourt l'autre jour au centre commercial — figure-toi qu'elle était en train d'acheter des sous-vêtements comme ceux des gens normaux...)

Mais quand la Brunet a pris une bouchée de pain de viande et qu'elle a eu la bouche pleine de cette saveur bien particulière — un mélange de zoo pour enfants en plein mois de juillet et de cheveux qui brûlent, d'après certains élèves —, eh bien, laisse-moi te dire que ce fut sûrement un des moments mémorables de ma vie.

J'en perds mes mots! Je pense que c'est la Brunet elle-même qui a le mieux résumé la situation quand elle a dit...

Vendredi 6

Cher nul,

Je ne sais pas exactement ce qui est arrivé à Mlle Brunet. Elle n'était pas à l'école aujourd'hui. C'était tellement réjouissant que j'ai pardonné temporairement à Isabelle sa stupide idée de ressemblance entre les gens et leurs animaux, et qu'on a mangé ensemble à midi. Isabelle a entendu dire que la surveillante était à l'hôpital avec une **diverticulose spontanée**, ou quelque chose du genre — probablement une de ces maladies de vieux qui les poussent à parler de leurs intestins à tout le monde. Isabelle dit qu'on va avoir une nouvelle surveillante à la caf la semaine prochaine.

Les p'tits vieux raffolent des histoires d'intestins.

Je n'ai jamais souhaité que Mlle Brunet tombe malade. En tout cas, je n'ai jamais jeté plus de trois dollars dans une fontaine — en pièces de 25 cents — pour que ça arrive. Mais si elle devait être malade de toute façon, aussi bien que ça soit le pain de viande — alias **la Main de la Justice** — qui s'en charge.

Je serais presque prête à croire qu'il y a une fée pas seulement pour les dents, mais aussi pour les empoisonnements alimentaires... entre autres.

La fée Empoisonneuse

Tord les boyaux des méchants

La fée Laideronne

Transforme les snobs en phacochères

La fée Grassouillette

Met du mou qui gigote sous les bras des grands-mères

Michel Pinsonneau s'est approché de la table en gargouillant pendant que je mangeais avec Isabelle.

Tu te rappelles sûrement que Michel Pinsonneau, c'est le surnommeur officiel de l'école. Il a un talent diabolique pour inventer des surnoms qui font mouche et qui collent à la peau. Voici quelques-unes de ses créations.

Punocchio

Quasimodette

Le Petit Picot

En tout cas, j'ai fait la gaffe de lui sourire par accident un jour, et j'ai bien peur qu'il pense maintenant que je le considère comme... eh bien, comme...

Alors, Pinsonneau s'est planté à côté d'Isabelle. J'ai eu l'impression qu'il essayait de me dire quelque chose. Mais juste au moment où j'allais lui décocher mon **regard de travers n° 4**, Angéline est passée par là, et je suis sûre qu'elle l'a fait exprès pour envoyer une bouffée ravageuse de **Délicieuseté framboisienne** de calibre balistique directement vers nous, à partir d'une de ses nombreuses prétendues zones de shampouinage.

Pinsonneau et moi, on a été temporairement paralysés par l'irrésistible délicieuseté de l'attaque d'Angéline et — involontairement, bien sûr! — on a tous les deux grimacé une sorte de sourire. Parce qu'il faut bien admettre qu'on ne peut pas s'empêcher de sourire un tout petit peu quand on se retrouve au beau milieu d'un nuage de **Délicieuseté framboisienne**.

Alors, par la faute d'Angéline, Pinsonneau et moi, on s'est regardés dans les yeux juste au moment où notre bouche souriait. C'était — attention, je vais être malade! — un moment **partagé**. Et, pendant ce temps-là, on était enveloppés tous les deux — je vais être encore plus malade... — dans le nuage odoriférant lancé par Angéline.

Isabelle prétend qu'on pouvait presque voir l'**Amour Passion** sortir par les oreilles de Pinsonneau. J'ai dit que c'était sûrement pour Angéline, mais Isabelle est d'avis que c'était pour moi. Alors, ne t'inquiète pas, cher nul, si je me réveille plusieurs fois en hurlant cette nuit.

Samedi 7

Cher journal,

C'est tellement cool, le samedi! Je ne comprendrai jamais pourquoi il y en a seulement un par semaine. Il me semble que ce serait bien mieux si le calendrier se présentait à peu près comme ceci :

SAMEDI
Il n'y a rien à améliorer dans le samedi, alors je n'y toucherais pas.

DIMEDI
Ça serait un autre samedi, mais pour passer la journée sans rien faire comme le dimanche.

LUNMEDI
Deux samedis, ça ne suffit pas pour tout ce qu'il y a d'amusant à faire. Alors, j'en ajouterais un troisième en prime.

SEMAINEDI
Comme personne n'aime les jours de semaine, je les mettrais tous ensemble pour qu'on s'en débarrasse d'un coup.

VENDREDI
D'accord, c'est un jour de semaine, mais il est très important pour planifier son samedi.

VENDREDISOIRDI
On serait vendredi soir toute la journée.

J'ai appelé Isabelle pour savoir si elle voulait faire quelque chose aujourd'hui, mais sa mère m'a dit qu'elle était allée au centre commercial avec son père. Hein? Quoi? **Pas possible!** Isabelle m'a déjà énuméré les cinq choses les plus embarrassantes qu'un père puisse faire en public, et son père en fait quatre sur cinq :

Danser

Se montrer
en maillot de bain

Se déguiser en femme
pour l'Halloween

Parler

Toute la journée, je me suis précipitée sur le téléphone chaque fois qu'il sonnait, certaine que c'était Isabelle. À la fin de l'après-midi, une femme a appelé pour ma mère; sa voix me disait vaguement quelque chose, mais je n'arrivais pas à la replacer. Après, ma mère était tout excitée, mais elle n'a pas voulu me dire qui avait téléphoné. Probablement une stupide affaire de mère, comme d'aller magasiner pour des carillons de jardin ou quelque chose du genre.

AUTRES CHOSES STUPIDES QUE LES MÈRES FONT

Demander un bain d'oiseaux en cadeau

S'émerveiller devant les minuscules savons décoratifs qu'on n'a même pas le droit d'utiliser

S'amuser comme une enfant en se servant de mitaines isolantes en forme de marionnettes

Dimanche 8

Cher toi,

J'adore les samedis! Mais les dimanches ne sont pas trop nuls non plus... Ils sont un peu comme la petite sœur du samedi, moins belle et moins populaire. Elle essaie d'être aussi cool que sa grande sœur, mais elle doit quand même te rappeler que tu as des devoirs à faire pour le lendemain. En plus, tu n'as rien à te mettre sur le dos et il y a de bonnes chances que ton père monopolise la télé toute la journée.

Si les jours étaient des gens...

Samedi   Dimanche   Mercredi

Quand je suis descendue déjeuner ce matin, ma mère s'activait dans la cuisine, complètement survoltée, et elle m'a dit que je pouvais avoir des bonbons pour déjeuner à condition d'aller les manger devant la télé.

Depuis que je suis en âge d'avoir des souvenirs, quand ma mère manifeste ce genre d'irresponsabilité maternelle, c'est parce qu'elle veut que je m'enlève de son chemin. Un jour, je l'ai surprise en train d'essayer de faire entrer son derrière-de-mère dans une minijupe du temps de sa jeunesse. Elle était tellement gênée qu'elle m'a dit que je pouvais sortir lancer des pommes aux autos qui passaient, si seulement je la laissais tranquille.

Comme je savais que c'était abracadabrant comme idée, je ne lui ai pas obéi ce jour-là. Mais aujourd'hui, l'idée des bonbons pour déjeuner ne me paraissait pas si bête que ça. Alors, j'ai accepté et je l'ai laissée profiter de son ridicule petit moment de secret.

Quand je suis retournée à la cuisine, ma mère était en train de faire à manger. Comme d'habitude, ça n'annonçait rien de bon! Tu te rappelles sûrement certaines des réalisations culinaires mémorables de ma mère...

Comme la lasagne qui goûtait furieusement le furet, d'après mon père et moi

Mais le plus bizarre, c'est qu'elle ne nous a pas infligé son nouveau crime alimentaire. On a senti des odeurs de cuisine, on l'a entendue remuer ses casseroles. Sac-à-puces, comme d'habitude, a même pris la précaution de cacher son plat. Mais, pour une raison qui m'échappe, ma mère a mis tout ça dans un contenant Tupperware, l'a déposé dans le frigo et a commandé une pizza.

Mon père et moi, on n'a pas posé de questions, crois-moi! Ça serait comme de demander à ton bourreau de ne pas oublier sa hache pour le lendemain!

Lundi 9

Cher journal full nul,

Aujourd'hui, pendant le cours de français, M. Ernest a commencé le segment sur les contes de fées. On a discuté de quelques classiques en classe pour mieux comprendre ce qu'il attend de nous dans nos travaux. Il a débuté par *Hansel et Gretel*, au sujet de la sorcière qui veut manger deux petits morveux même si toute sa maison est en bonbons. J'ai dit qu'elle essayait sans doute de perdre quelques kilos : **les enfants, c'est sûrement plein de protéines et faible en glucides!**

On a ensuite discuté de Blanche Neige, de Raiponce et du Petit Chaperon rouge, et quand M. Ernest nous a demandé ce qu'on pensait de tous ces contes, j'ai répondu qu'il était absolument évident que, dans l'ancien temps, quand on avait un nom vraiment bizarre, on courait tout droit vers la catastrophe. As-tu déjà entendu parler de Jeannette et les sept nains, ou de Suzanne et les trois ours? M. Ernest était probablement d'accord avec moi, dans le fin fond, mais il m'a quand même crié après, avec sa vilaine veine qui battait sur son crâne.

Jeannette et les sept nains

L'heure du dîner a été très intéressante aujourd'hui. Encore plus que la fois où les deux serveuses de la caf se sont disputées. Tout avait commencé par des gros mots pour savoir laquelle était la plus belle avec son filet à cheveux, et ça s'était terminé quand les ambulanciers avaient réussi à siphonner de la sauce aux canneberges hors de l'œsophage à moitié bouché d'une des deux. (N.B. : Dans ce genre de situation, il faut toujours parier sur la serveuse qui ressemble le plus au frigo.)

Je t'ai déjà dit, je pense, que l'école avait embauché quelqu'un pour remplacer Mlle Brunet... en attendant que ses organes guérissent, j'imagine. Il s'appelle M. Prince. (Et il est beau comme un cœur!) C'est un élève enseignant, c'est-à-dire qu'il deviendra enseignant un jour à moins qu'il ne comprenne le bon sens à la dernière minute.

Il est plus vieux que nous, mais pas vraiment tout à fait vieux, ce qui veut dire qu'il se rase probablement plus de deux fois par semaine, mais qu'il n'a pas encore de poils dans les oreilles.

MENTON RASÉ
GOMME À MÂCHER

JOLIE CRAVATE
VIEILLES SAVATES

CLÉS D'AUTO
FOUILLIS D'ADO

PLI REPASSÉ
GENOUX GRAISSÉS

M. PRINCE et HENRI RIVERAIN
(Comparaison)

Angéline est passée juste à côté de lui (en projetant probablement ses multiples parfums une zone après l'autre — du moins, c'est ma théorie!) et il ne l'a même pas regardée, ce qui prouve à mon avis qu'il se fiche pas mal des blondes-magnifiques-aux-cheveux-blondement-blonds. Mais qui pourrait le blâmer? Tout le monde s'en fiche, de toute façon.

Isabelle a dit qu'il préférait probablement les brunes avec des lunettes rondes. J'ai dû lui rappeler que je ne portais pas de lunettes.

Mais ce qu'Isabelle voulait insinuer — quel scorpion! —, c'est que M. Prince allait probablement la préférer à moi, ce qui n'est pas très gentil de sa part puisque j'avais déjà commencé à me dire qu'il m'aimerait sûrement plus qu'elle. Je lui ai dit ma façon de penser, avec une version allégée du **regard de travers n° 3**. Et j'ai peut-être ajouté que sa tête formait une boule presque parfaite — elle n'est vraiment pas sûre d'elle à cause de son crâne tout rond.

REGARD DE TRAVERS N° 3

VERSION ALLÉGÉE

VERSION ORDINAIRE

VERSION SUPER-EXTRA

Mauvaise idée! Comme Isabelle a plein de grands frères — je t'en ai déjà parlé, je pense, cher nul —, elle est experte dans toutes les formes de combat.

Isabelle s'est donc levée au beau milieu de la caf, elle m'a souri et elle m'a dit, avec une cruauté parfaitement sinistre :

« On verra bien s'il va t'aimer quand il va voir ta photo à la caf, à côté de celle de ton affreux petit beagle. »

En rentrant à la maison, j'ai regardé Sac-à-puces très attentivement. Il est trop vieux et trop gras pour courir, et il ne se gêne pas pour s'intéresser de très près à certaines parties de son anatomie même quand il sait que je suis là, juste à côté, en train de lui faire la conversation. Je ne peux pas supporter l'idée d'être comparée à lui.

Je vais devoir convaincre Isabelle de renoncer à son projet.

MORBIDEMENT
PUANT

MORBIDEMENT
OBÈSE

MORBIDEMENT
← SÉNILE

MORBIDEMENT
PRÊT À LÉCHER
N'IMPORTE QUEL CHIEN
N'IMPORTE QUAND...
N'IMPORTE OÙ

Mon chien Sac-à-puces

Mardi 10

Cher nul,

Je sais bien que je n'arriverai jamais à convaincre Isabelle de quoi que ce soit. Je lui ai expliqué que j'allais être terriblement embarrassée et humiliée quand ses photos vont être affichées; mais plutôt que de me comprendre et de mettre son idée à la poubelle — c'est ma meilleure amie, après tout —, Isabelle a fait semblant de se mettre à pleurer en disant que je critiquais son idée.

Quand une fille fait semblant de pleurer aussi bien qu'Isabelle — tellement qu'on pourrait presque la croire triste pour de vrai —, ça ne sert à rien d'insister.

Je dois dire qu'Isabelle fait semblant de pleurer mieux que la plupart des gens qui pleurent vraiment. C'est probablement un art qu'elle a perfectionné pour mettre ses grands frères dans le pétrin.

Elle est super bonne!

J'ai pensé l'inviter à souper, pour essayer encore une fois de la faire changer d'idée, mais comme tous mes amis, Isabelle ne sait jamais trop comment interpréter mes invitations à souper. Tout le monde connaît les lacunes de ma mère en cuisine, même les profs.

C'est un peu comme si le fils de Dracula invitait un de ses amis à la maison pour un massage de la nuque...

Mais ça n'a pas vraiment d'importance parce que j'ai eu une longue conversation avec M. Prince (Il est vraiment beau comme un cœur!) à l'heure du dîner.

C'est arrivé au moment où j'apportais mon plateau à la poubelle. J'avais particulièrement bien réussi à massacrer mes restes, aujourd'hui. J'avais fait une belle montagne avec le macaroni au fromage, j'y avais piqué une carotte et j'avais arrosé le tout de lait au chocolat.

M. Prince (Je t'ai déjà dit qu'il était beau comme un cœur?) était debout à côté de la poubelle et, quand j'ai incliné mon assiette pour la vider, il m'a regardée et m'a demandé avec un petit rire :

« C'est une maquette de la tour Eiffel? »

J'ai répondu « Sí, mec! », pour bien montrer que je connaissais le français de France. Et puis j'ai jeté mes déchets dans la poubelle et je me suis sauvée.

Bon, bon, je sais… Il n'y a rien de particulièrement français là-dedans. Mais c'est tout ce que j'ai trouvé à dire sur le moment pour lui prouver que je savais comment les choses se font de l'autre côté de la Grande Flaque. J'étais un peu, beaucoup énervée qu'il ait daigné tenir cette longue conversation avec moi. En tout cas, c'était mieux que rien du tout…

L'important, c'est ce beau moment partagé.

Deux ou trois autres choses que je connais de la France

La pétanque

Les bérets

Les chiens partout, jusqu'aux toilettes!

Mercredi 11

Cher journal,

Dans le cours d'arts, aujourd'hui, Angéline est arrivée avec presque la moitié des photos d'enfance des profs. J'ai fait ma part en les collant sur un grand carton et en écrivant le nom de chaque prof au bas de son portrait.

J'ai remarqué que les profs les plus laids avaient remis des photos d'eux-mêmes alors qu'ils étaient tout petits, avant que leur laideur ait atteint un stade avancé.

Je photographie aussi certains des profs pour essayer de les prendre en flagrant délit de quelque chose...

BURP!

Mlle Angrignon, elle, a donné à Angéline une de ses photos quand elle avait à peu près 17 ans et demi. Elle était à la plage, comme par hasard, dans une pose très sexy — comme par hasard! J'ai vu tellement de photos de belles filles dans des poses sexy comme celle-là que je commence à croire qu'elles restent comme ça tout le temps, juste au cas où quelqu'un passerait par là avec un appareil photo.

Spécialiste des poses sexy

Pour se faire photographier

Pour dire au pharmacien qu'elle a mal au dos

Pour ramasser du vomi de chat dans la cave

Mlle Angrignon nous a rappelé qu'on devait apporter nos photos à Isabelle et que les élèves qui n'avaient pas d'animal à la maison pouvaient simplement choisir une photo de quelque chose qui leur ressemblait.

Bien sûr, ça n'est pas tombé dans l'oreille d'une sourde! Après le souper, j'ai encouragé Sac-à-puces à s'en aller de la maison. J'aurais peut-être réussi mon coup si les voisins d'en face n'avaient pas téléphoné à mes parents pour dire que j'avais laissé la porte d'entrée grande ouverte et que j'avais lancé des côtelettes de porc — « Ça doit bien valoir au moins 12 $! » — sur leur pelouse, de l'autre côté de la rue.

Non mais, pour qui ils se prennent? J'ai répondu que je ne voyais vraiment pas pourquoi un beagle laid et obèse ne courrait pas après des côtelettes de porc qui doivent bien valoir au moins 12 $. J'ai quand même ramassé les côtelettes — crues! — et je les ai mises dans un sac, toute seule dans le noir, sous la pluie. Les voisins m'épiaient derrière leurs rideaux, comme les immondes créatures viles et bavasseuses qu'ils sont.

De toute façon, maintenant que j'y pense, même si Sac-à-puces avait quitté la maison, il n'aurait sans doute pas été parti plus de trois ou quatre jours. Il l'a déjà fait, et il se décide généralement assez vite à revenir.

Jeudi 12

Cher journal full nul,

M. Ernest nous a rappelé encore aujourd'hui qu'on devait remettre notre travail sur les contes de fées dans quelques semaines. Après, on a lu quelques autres contes et on en a discuté.

On a commencé par *La princesse et le petit pois*, probablement l'histoire la plus passionnante de tous les temps au sujet d'une personne légèrement insomniaque. J'ai dit que la morale de l'histoire, c'est qu'il ne faut pas dormir dans un lit où quelqu'un pèse déjà de tout son poids.

C'était un jeu de mots idiot, mais M. Ernest l'a laissé passer sans rien dire — probablement parce qu'il me croit maintenant épileptique.

Grande nouvelle, cher journal! C'était le premier jeudi, depuis que je suis à la merveilleuse école secondaire Malpartie, qu'on n'était pas obligés de manger du pain de viande. On était tous un peu désorientés, mais personne ne s'est plaint.

Et ce n'est pas tout... Quand je suis allée à mon casier, je me suis aperçue que quelqu'un — c'est **tellement** romantique! — avait glissé une note à travers la grille d'aération.

Je n'en reviens pas! Voici ce que ça disait :

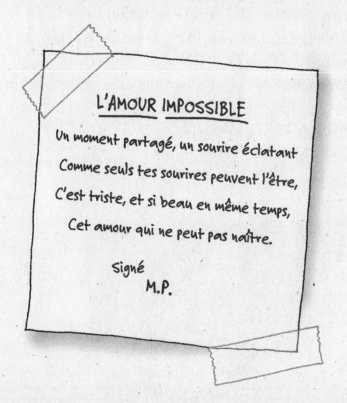

L'AMOUR IMPOSSIBLE

Un moment partagé, un sourire éclatant
Comme seuls tes sourires peuvent l'être,
C'est triste, et si beau en même temps,
Cet amour qui ne peut pas naître.

Signé
M.P.

GÉNIAL!!! « M.P. », c'est sûrement M. Prince!
Ah, comme j'aimerais brandir triomphalement ma
petite note devant le visage d'Angéline, et aussi –
un peu moins triomphalement, peut-être – devant
celui d'Isabelle. C'est MOI qu'il a remarquée. Pas
Blondinette, ni Tête-de-Boule. MOI! Et, même s'il sait
qu'on ne pourra jamais être ensemble – parce que je
suis d'âge normal et qu'il est presque vieux –, il a senti
le besoin de m'ouvrir son cœur. Comme il doit souffrir!
Je me demande s'il se languit de moi... Ce serait bien
la première fois que je cause un languissement. (À
moins que ça soit une « **languissade** »? Ou une
« **languitude** »?)

J'ai montré le poème à Isabelle et je pense qu'elle
est un peu jalouse. Je me demande si M. Prince serait
prêt à attendre que je vieillisse...

En m'attendant, il pourrait avoir le droit
de lire ou d'écouter la radio.

Vendredi 13

Cher nul,

Encore une fois, j'ai pardonné à Isabelle. Le simple fait de savoir que M. Prince m'a écrit un beau poème d'amour m'a vraiment redonné confiance en moi. La méchanceté d'Isabelle à mon égard vient de se dissoudre comme des taches de bleuets dans les publicités pour dentiers. (Note aux personnes âgées : Il y a toutes sortes d'autres tartes qui tachent beaucoup moins.)

Je dois dire aussi qu'Isabelle a une très grande force de persuasion.

On devrait peut-être inventer
une tarte au dentifrice
pour les gens qui ont un dentier.

J'ai demandé à Isabelle si elle voulait aller magasiner avec moi en fin de semaine, mais elle m'a répondu qu'elle sortait avec son père encore une fois. Malgré toutes mes tentatives pour lui tirer les vers du nez — avec gestes à l'appui —, elle a refusé de m'en dire plus long. Isabelle manigance quelque chose, cher nul. J'en suis sûre.

Autres idées saugrenues d'Isabelle

Essayer de voler
avec des ballons
(en première année)

Essayer de bronzer
avec des lampes de poche
(a gaspillé plus de 40 piles)

Se faire passer pour
Miss Météo pour essayer
d'amener le directeur
à fermer l'école à cause
d'une tempête de neige...
en mai

54

J'ai fait une autre petite sculpture en débris alimentaires pour M. Prince. Cette fois-ci, j'ai pris mon hamburger au fromage — presque complet — et je l'ai couronné de frites comme la tête de la statue de la Liberté (pour rester dans notre petit thème franco-français). Avant de jeter tout ça à la poubelle, j'ai essayé d'attirer l'attention de M. Prince sur mon chef-d'œuvre en hochant la tête et en fronçant les sourcils, jusqu'à ce que je voie M. Ernest accourir vers moi avec son look « Oh non! Pas encore une crise! ». J'ai dû laisser tout ça là et m'enfuir au plus vite.

Entre M. Prince et moi, c'est presque aussi beau qu'entre Cendrillon et le prince Charmant, sauf que, dans notre cas, Cendrillon mutile sa nourriture et présente tous les symptômes d'une fausse crise d'épilepsie pour attirer l'attention du prince et que le prince n'est pas du tout un fétichiste obsédé par les chaussures. Mais pour le reste...

Sérieusement! Le prince se serait grandement simplifié la vie s'il avait cherché plutôt à reconnaître le VISAGE de Cendrillon, non?

J'ai envisagé encore une fois d'encourager Sac-à-puces à quitter la maison cet après-midi. Après l'école, je l'ai obligé à regarder une émission sur les loups sur la chaîne Découverte, en espérant qu'il aurait envie de retourner à la vie sauvage, et peut-être de traîner son gros derrière jusqu'en haut d'une montagne et de se mettre à hurler à la Lune. Mais je pense qu'il n'a pas compris.

Même pas quand j'ai pris un gros coussin rond et que j'ai essayé de le faire hurler en le lui plaquant sur la tête. Je voulais seulement jouer, mais Sac-à-puces a commencé à paniquer. Il s'est mis à hurler, mais ça ressemblait plutôt à un gémissement de chiot.

Après ça, il était tellement perturbé qu'il lui a fallu au moins une demi-heure pour se calmer, en mâchonnant sans arrêt son jouet préféré (que j'ai baptisé YarkiDégueu).

Je ne vois vraiment pas comment je pourrais éviter de donner une photo de Sac-à-puces à Isabelle.

Sac-à-puces, en train de se défouler
avec son YarkiDégueu

Dernière édition : On est allés chercher des tacos pour le souper. Imagine-toi que ma mère n'avait pas eu le temps de faire à souper parce qu'elle est allée rendre visite à Mlle Brunet. **CHEZ ELLE!**

Ça te surprend, cher nul? Moi aussi. Je n'en reviens pas que la Brunet ait un **chez-elle**. J'avais toujours pensé qu'elle vivait — je ne sais pas, moi... — sous un pont, peut-être, où elle proposait des énigmes aux voyageurs avant de les laisser passer.

Mais depuis quand est-ce que ma mère va chez la Brunet?

Bof! Mon père et moi, on n'a pas posé de questions. J'ai mangé tellement de tacos que j'en ai mal au cou. (Note à la compagnie de tacos : Inventez donc un taco qu'on peut manger sans se disloquer complètement le cou!)

Sérieusement! Te vois-tu en train d'essayer d'inventer un tout nouveau plat et de dire aux gens que le seul petit problème, c'est qu'ils doivent se mettre la tête de côté pour le manger?

Les gens sont prêts à manger des tacos LA TÊTE DE TRAVERS, mais est-ce qu'ils le feraient pour...

un cheeseburger à la verticale?

des spaghettis à l'horizontale?

LES TACOS RESTENT LA MEILLEURE SOLUTION POUR MANGER LA TÊTE DE CÔTÉ.

Samedi 14

Cher journal,

Je ne comprends pas... Quand je me lève tôt, les jours d'école, je suis tellement épuisée que je peux à peine marcher, mais le samedi, je ne suis même pas fatiguée. Comment font les muscles pour savoir quel jour on est?

Je suis allée chez Isabelle ce matin. Je me suis dit que si j'étais là – par hasard, bien sûr – quand elle partirait pour le centre commercial avec son père, il faudrait bien qu'ils m'emmènent avec eux.

Mais quand je suis arrivée chez Isabelle, il y avait, au beau milieu de la pelouse, le plus mignon, le plus adorable, le plus duveteux chaton que j'aie vu de ma vie. Je l'ai ramassé et j'ai frappé à la porte. Quand Isabelle est venue ouvrir, j'ai cru voir ses yeux lui sortir de la tête.

« Où t'as pris ça? »

Elle avait une voix bizarre, comme si elle criait et murmurait en même temps.

J'ai répondu que j'avais trouvé « ça » sur sa pelouse. Elle a dit que c'était le chaton de ses voisins, qu'ils le cherchaient et que je devais le lui donner pour qu'elle aille le porter chez eux. Ça ne me dérangeait pas du tout, mais je n'ai pas pu m'empêcher de remarquer qu'Isabelle respirait exactement comme Sac-à-puces, quand je lui ai mis le coussin sur la tête pour son entraînement de loup.

Et puis, elle a pris le chaton et m'a dit qu'elle n'allait plus au centre commercial, qu'elle allait m'appeler plus tard, et ensuite... BANG! En deux secondes et quart, ma meilleure amie m'avait arraché le chaton des mains, privée de magasinage et fermé la porte au nez.

En rentrant chez moi, tout en souhaitant les pires malheurs à Isabelle et en essayant d'avoir l'air triste (je suis plutôt jolie quand je suis triste), j'ai eu comme l'impression que quelqu'un me regardait. J'ai levé la tête et, juste devant moi, dans une minifourgonnette blanche — plutôt qu'un immense carrosse doré tiré par de magnifiques chevaux blancs, comme on aurait pu s'y attendre —, j'ai aperçu Angéline. En voyant que je l'avais vue, elle m'a fait signe de la main. Pas vraiment dans le genre Tu-es-ma-meilleure-amie, mais pas non plus comme les filles sur les chars allégoriques, qui ont l'air d'avoir des mains mécaniques.

En soi, c'était déjà étrange, puisque Angéline et moi, on n'est pas des amies parce qu'elle est vraiment trop belle et trop péteuse pour être une amie. Mais le plus étrange, c'était sa mère...

Angéline m'a fait signe de la main de façon presque humaine...

Je pense que c'était la première fois que je voyais la mère d'Angéline. Je ne sais pas à quoi je m'attendais, mais pas à ça, en tout cas.

Tu sais, l'impression qu'on a quand une vedette de cinéma amène ses parents à la cérémonie des Oscars et qu'on se dit : « Eh bien, ses parents sont aussi laids que les miens. Comment est-ce possible? »

C'est exactement ce que j'ai pensé en voyant la mère d'Angéline. Sauf que ce n'était pas son visage que je voyais...

Il y a des années, un jour que j'étais au zoo avec mes parents, un enfant de trois ans — qui devait penser qu'il voyait un porc-épic, un paresseux ou quelque chose du genre — a essayé de donner une arachide à mes cheveux. C'est à ce moment-là que j'ai su que j'avais les **cheveux les plus laids de l'Univers entier**. Jusqu'ici, du moins.

La mère d'Angéline avait le même visage parfait que sa fille, mais ses cheveux... aïe, aïe, aïe! Des boucles brillantes par-ci, des mèches droites toutes ternes par-là... On aurait dit que sa coiffeuse avait perdu ses ciseaux et qu'elle avait carrément essayé de lui couper les cheveux avec ses dents.

En plus, il y avait là-dedans une multitude de pinces, d'élastiques et de barrettes qui ne faisaient rien pour améliorer les choses. On aurait dit qu'elle était tombée dans le présentoir à accessoires en sortant du salon de coiffure.

L'étonnante coiffure de la mère d'Angéline

Je pense que, quand elle était enceinte, la minuscule et maléfique future Angéline s'est approprié toutes les qualités capillaires de sa mère, sans lui en laisser une seule. Je ne vois pas d'autre solution. À moins que...

À moins qu'Angéline ne devienne comme ça plus tard! Bien sûr... Angéline utilise sa **magnificence capillaire** beaucoup trop vite. Elle va l'épuiser.

Pendant qu'Angéline et sa mère s'éloignaient dans leur minifourgonnette blanche, je suis restée là un bon moment, complètement éberluée... et hyper contente. Je me disais qu'après tout, comme dans les contes de fées, peut-être que **les rêves peuvent vraiment devenir réalité**. Peut-être bien qu'il y a une fée Laideronne, et peut-être qu'un jour, elle va rendre visite à Angéline!

La LAIDEUR est tellement belle
quand elle s'abat sur quelqu'un
qui la mérite!

Dimanche 15

Cher nul,

C'est dimanche et il serait temps que je commence à penser à mon travail sur les contes de fées.

J'ai éliminé *Le joueur de flûte de Hamelin* parce que je ne crois pas à cette histoire d'enfants qui suivraient un flûtiste. Un guitariste, peut-être, mais pas un flûtiste.

J'ai aussi éliminé *Les habits neufs de l'empereur* parce que... Eh bien, j'ai juste une chose à dire : Beurk!

Et la Petite Poucette me fait un peu peur...

J'ai donc décidé de faire mon travail sur *Le Prince Grenouille*. C'est une histoire qui me parle vraiment, parce que je suis presque pareille à la princesse du conte. Je n'ai pas de grenouille à embrasser pour la transformer en prince, mais j'ai un M. Prince qui aime un endroit – la France – où les gens mangent des grenouilles. **Re-beurk!**

Bon, d'accord. Les Français ne mangent pas tous des grenouilles. De toute manière, ils mangent seulement les cuisses. Et il y a plein de gens dégoûtants qui mangent des cuisses de grenouilles partout dans le monde, pas seulement en France. Et puis, fiche-moi la paix! C'était une bonne comparaison.

Je suis sûre qu'Angéline a pris l'histoire de Raiponce. Qu'est-ce qu'elle aurait pu choisir d'autre? J'ai en tête quelques versions de Raiponce dans lesquelles j'aimerais bien donner le rôle principal à Angéline...

Le prince est allergique au shampoing de Raiponce et il doit s'agripper à ses cils pour monter en haut du donjon.

Le prince est tellement gros qu'il arrache la tête de Raiponce.

Le prince tombe amoureux d'une princesse qui a des cheveux bruns d'une longueur normale. Raiponce meurt de faim.

Lundi 16

Cher journal,

J'ai reçu un autre poème de Tu-sais-qui!

LA PLUS BELLE DES FLEURS

C'est la plus belle des fleurs.
Elle pousse même quand il fait froid.
Je l'aime, mais j'ai bien peur
Qu'elle ne soit jamais à moi.

Signé
M.P.

Tu t'imagines, comme il doit souffrir! Comme il doit avoir le cœur brisé chaque fois qu'il me voit!

Youpppiii!!!

En plus, c'est vraiment spécial qu'il me compare à une fleur puisque le poème que j'ai écrit pour ma mère portait justement là-dessus. Quelle extraordinaire coïncidence! C'est comme si on partageait la même tête. C'est génial, non?

Bon, d'accord, c'est peut-être un peu tordu...

J'ai montré le poème à Isabelle, et je pense qu'elle est encore plus jalouse qu'avant. Maintenant, je suis à peu près sûre qu'il va attendre que je vieillisse un peu.

Mardi 17

Cher nul,

Aujourd'hui, M. Ernest nous a dit qu'on se servait parfois des contes de fées pour enseigner des choses. Il a demandé des exemples, et j'ai dit que l'histoire de Rumplestiltskin nous apprenait une leçon importante. (Rumplestiltskin, cher nul, c'est l'affreux petit lutin qui aide une pauvre demoiselle emprisonnée à filer de l'or avec de la paille, en échange de son premier-né, pour lui éviter de passer sa vie en captivité.)

J'ai dit que ça montrait que les belles jeunes filles ne tiennent jamais parole, même quand on leur donne une montagne d'or et qu'on les aide à sortir de prison. J'ai dit aussi que ces belles jeunes filles-là étaient probablement responsables de tout ce qui va mal dans le monde : elles entrent par effraction chez les ours pour leur voler leurs affaires, elles se mettent les loups à dos, elles se perdent dans les bois, elles rendent leur belle-mère folle... et bien d'autres choses encore.

La veine de M. Ernest s'est mise à battre sur son crâne, et il a dit que j'étais bien la première de ses élèves à prendre parti **pour** Rumplestiltskin et **contre** le Petit Chaperon rouge. Ça veut sûrement dire qu'il me trouve géniale.

Pas gentille avec les loups

En fait, on dirait plutôt que, dans la tête de
M. Ernest, le refus d'applaudir les filles comme Boucles
d'or est un symptôme d'épilepsie. Alors, il m'a envoyée
ENCORE UNE FOIS m'étendre sur le petit lit. Ça ne me
dérange plus vraiment. Les secrétaires me connaissent,
maintenant. Elles se contentent de me faire signe de
la main et me laissent m'installer. Cette fois-ci, elles
m'ont même donné la clé de la salle du petit lit en
me disant que, si je voulais changer les rideaux ou
d'autres éléments de décoration, je pouvais aménager
l'endroit à mon goût puisque j'étais la seule à m'en
servir. Ça les a fait rire un peu — de moi, bien sûr! —,
alors je les ai traitées de « vieilles chouettes » et de
« vieilles picouilles », ou quelque chose du genre.
En tout cas, j'ai dû leur redonner la clé, et il n'est
probablement plus question que je change les rideaux.

Chouette Bique Picouille

Mercredi 18

Cher nul,

J'ai trouvé un autre poème dans mon casier ce matin!!

> HÉ, JASMINE, T'ES JOLIE, Y A PAS À DIRE,
> PAS DU GENRE QUI ME FERAIT VOMIR.
> T'ES PAS UNE HUÎTRE, T'ES UNE PERLE,
> LA PLUS BELLE DE TOUTE LA TERRE.
>
> Signé
> TON ADMIRATEUR SECRET

Bon, d'accord... Ça n'est peut-être pas sa plus grande œuvre... Même Molière devait avoir ses mauvais jours.

Mais n'oublie pas qu'il se meurt d'amour pour moi. Et, quand on se meurt d'amour, on souffre. C'est probablement ça qui nuit à sa poésie. Oh, tais-toi! Il dit qu'il est mon **admirateur**, maintenant.

Je me demande s'il y a des magasins où une fille peut acheter un piédestal pour permettre à ses admirateurs de mieux l'admirer.

Pour lui montrer que je partageais ses sentiments, je lui ai confectionné une autre de mes magnifiques sculptures alimentaires à l'heure du dîner. J'avais assez bien réussi mon sphinx, surtout que le spaghetti et le Jell-O n'étaient vraiment pas les matériaux de construction préférés des Égyptiens de l'Antiquité. Même Isabelle était d'accord. Comme sa mère est italienne, elle prétend qu'elle est spécialiste des pâtes.

Il y avait aussi une pyramide, mais je l'ai mangée.

Pendant que je glissais mon gage d'amour dans la poubelle, avec un petit « smoush » mélancolique, M. Prince m'a dit que j'avais fait un travail formidable et que, même couvertes de sauce à spaghetti, mes mains ressemblaient à de merveilleuses petites colombes blanches ensanglantées (à qui quelqu'un aurait lancé du Jell-O).

Enfin... Il ne l'a pas dit avec sa bouche. Il me l'a plutôt fait comprendre avec ses yeux. Ou peut-être que je l'ai lu dans son esprit... En tout cas, quand je me suis retournée, Henri était juste derrière moi. Il m'a dit « allô », mais comme je suis en quelque sorte avec M. Prince en ce moment, j'avais déjà fait quelques pas avant de me rendre compte qu'il m'avait parlé, alors je ne lui ai pas répondu.

Angéline était juste à côté, elle aussi, et elle a eu l'air un peu surprise. Est-ce parce que M. Prince est secrètement amoureux de moi ou parce que je n'ai pas répondu à Henri? Ou peut-être parce qu'elle s'est rendu compte que le sphinx d'Égypte aurait été plus beau avec une boulette de viande à la place du nez...

En tout cas, je suis certaine de l'avoir vue pencher légèrement la tête, exprès pour projeter ses vapeurs capillaires en direction d'Henri, ce pauvre innocent que je trouve maintenant bien jeune en comparaison de mon charmant M. Prince.

Angéline, l'air perplexe

Regarde : même les points d'interrogation dans sa tête sont adorables!

Jeudi 19

Cher toi,

En arrivant à l'école ce matin, j'ai fait une nouvelle tentative auprès d'Isabelle. J'ai essayé très fort de la convaincre de me laisser dire que je n'avais pas d'animal à la maison, mais elle a prétendu que ça nuirait à son intégrité d'artiste. Je lui ai signalé qu'elle avait remis, le mois dernier, un dessin d'Angelina Jolie en le faisant passer pour son autoportrait.

Je lui ai demandé si je pourrais prendre la photo d'un autre beagle, qui ressemblerait un peu moins que Sac-à-puces à un musée des haleines les plus dégueues au monde, mais elle a répondu que ça serait malhonnête. Alors, je lui ai rappelé qu'il y a deux mois, elle avait dessiné sur ses lunettes avec un crayon feutre pour faire croire à tout le monde qu'elle avait les yeux bleus.

Je lui ai demandé ensuite si elle croyait vraiment que les gens ressemblent toujours à leurs animaux de compagnie. Elle m'a dit que ce n'était pas son idée à elle, mais que c'était prouvé scien-ti-fi-que-ment! J'ai répliqué que, rien qu'à voir la forme de sa tête, elle devait avoir un ballon comme animal de compagnie.

Regarde!
C'est
Isabelle!

Ce qui veut dire, évidemment, qu'on n'a pas mangé ensemble à midi.

Au moins, pour un deuxième jeudi de suite, on n'a pas eu de pain de viande — et pas de Brunet non plus. Je me demande s'ils ont décidé de garder M. Prince pour toujours. Ça alors, ce serait super extra génial, évidemment... mais je dois penser à sa souffrance, le pauvre!

Bon, j'y ai pensé. Ça serait quand même super extra génial.

EN ATTENDANT QUE JE VIEILLISSE...

Vous n'aurez pas d'autres petites amies.

Restez chez vous, ça sera mieux.

Essayez de suivre la mode. Comme ça, quand mon heure viendra, vous ne serez pas en retard de 20 ans.

Passez quelques minutes par jour à penser à des cheveux qui ne sont pas blonds. Ni roux. Ni noirs. Ni beaux.

Vendredi 20

Cher journal full nul,

Angéline s'est arrêtée à côté de mon casier ce matin. Elle avait presque fini « notre » travail d'art, mais elle voulait sûrement que j'y mette du brillant. Pas surprenant! Je suis réputée pour mes talents de colleuse et de **brillanteuse**, comme on s'appelle entre nous dans le métier.

Brillantage

Paillettage

Fleurissage

Pierre-du-Rhinage   Collantage

Experte-décoratrice à l'œuvre

Angéline avait obtenu la photo de tous les profs quand ils étaient jeunes. Certains étaient bébés, d'autres, ados. J'ai dû admettre, l'espace d'un instant, que c'était une assez bonne idée.

Jusqu'à ce que je voie la photo marquée « Brunet »...

Mlle Brunet

C'était la photo d'une petite fille de maternelle. Une petite fille bien ordinaire... qui me ressemblait! Et pas à peu près! C'était mon portrait **tout craché**!

Tu vois la ressemblance?

Tu sais ce que ça veut dire? Ça veut dire que, si Mlle Brunet avait l'air de MOI quand elle était petite, moi, je vais avoir l'air d'ELLE quand je vais être vieille!

MOI, MAINTENANT   MOI, AVANT LONGTEMPS

Angéline m'a demandé, l'air plutôt satisfaite :

« Est-ce que ça te va ? J'espère que ça ne te dérange pas que j'aie mis le brillant moi-même. Je vais aller porter ça tout de suite à Mlle Angrignon pour qu'elle puisse l'afficher à la caf la semaine prochaine. »

Puis elle s'est arrêtée une fraction de seconde, avec un étrange petit sourire aussi étonnant qu'un derrière de bébé.

Je savais qu'elle avait remarqué la ressemblance, sur la photo de la Brunet, et qu'elle aurait bien aimé me voir m'effondrer.

Mais j'ai résisté. Je suis restée stoïque, forte et silencieuse, et je me suis contentée de faire « oui » de la tête en me disant que c'était encore pire que le travail d'Isabelle... et en me demandant ce que j'avais bien pu voir d'étonnant dans un derrière de bébé.

La semaine prochaine, quand le travail d'Isabelle et celui d'Angéline vont être affichés tous les deux à la caf, tout le monde — y compris M. Prince — va les voir.

Même Rumplestiltskin ne pourrait rien pour moi, maintenant.

Peut-être que Humpty Dumpty pourrait m'aider, lui?

Samedi 21

Cher nul,

Quand je me suis réveillée ce matin, je savais que c'était probablement ma toute dernière chance de convaincre Isabelle de trouver un nouveau sujet. Si je lui parlais de la petite Brunet, peut-être qu'elle aurait pitié de moi et qu'elle changerait d'idée? En plus, j'étais tout à fait prête à mentir en lui disant que sa tête était en train de devenir moins ronde. (Alors qu'en réalité, elle l'est de plus en plus...)

Comment Isabelle devrait jouer aux quilles

En arrivant chez Isabelle, j'ai trouvé sur la pelouse le même chaton que la semaine dernière, avec un deuxième tout pareil. Je les ai ramassés et j'ai sonné à la porte. Isabelle est venue m'ouvrir avec un troisième chaton dans les bras, beaucoup plus petit que les deux miens. Quand elle m'a vue là, avec mes chatons, elle a eu exactement le même air que le jour où le prof nous a parlé de **tu-sais-quoi** dans le cours de bio.

« Oh, merci! »

J'ai su tout de suite qu'elle n'était pas vraiment contente. Isabelle peut mentir à n'importe qui, ou presque, mais pas à moi. En général, elle n'essaie même pas. Le simple fait qu'elle ait essayé aujourd'hui m'a fait comprendre qu'elle était totalement désespérée.

« Mes voisins ont perdu ces deux chatons-là, et celui-ci aussi. Je viens de le trouver avant que tu arrives. Donne-les-moi, je vais les rapporter tout de suite à leurs propriétaires parce qu'ils ne sont pas à moi, bien sûr. Dépêche-toi, parce que ma mère est ici. Il ne faudrait pas qu'elle les voie parce que… (Je voyais qu'Isabelle cherchait une explication qui ne venait pas.) … parce que… ma mère… ma mère adooooore les bébés animaux. »

La mère d'Isabelle est bien gentille, et tout et tout, mais je serais très surprise qu'elle adore tant que ça les bébés animaux. Je l'ai déjà vue aplatir une escalope de veau comme si la pauvre bête lui devait de l'argent.

Dimanche 22

Cher toi,

J'ai lancé l'**Opération beagle dehors** aujourd'hui, mais ça n'a pas marché. C'est à cause du café et des croisements entre chiens.

L'idée m'est venue hier soir, pendant que je regardais Sac-à-puces s'amuser avec YarkiDégueu, son jouet à mâchonner, comme si c'était l'amour de sa vie.

C'était un plan vraiment infaillible. Tu vas voir...

Pendant que mes parents dormaient, j'ai déposé deux bouteilles d'aspirine et une boîte de Kleenex sur la table de nuit de ma mère. J'ai jeté tous les grains de café à la poubelle et j'ai laissé le sac vide traîner sur le comptoir. Puis j'ai trafiqué l'heure sur le réveil de mon père.

Je me suis habillée comme pour aller à l'école, j'ai ramassé mon sac à dos, je suis entrée dans la chambre de mes parents sur la pointe des pieds et j'ai secoué mon père en disant :

« Papa, papa! Regarde, t'es en retard! »

Je me suis forcée à avoir l'air vraiment paniquée. Il ne devait surtout pas s'apercevoir qu'on était dimanche et qu'il n'avait pas besoin d'aller travailler.

La première chose qu'il a faite a été de regarder ma mère, encore endormie. Alors je lui ai montré l'aspirine et les Kleenex en disant :

« Faut pas la réveiller. Je pense qu'elle ne se sent pas très bien. »

Mon père s'est habillé à toute vitesse et est descendu à la cuisine. Il ne fallait pas qu'il s'attarde, sinon il allait réveiller ma mère. Je lui ai montré la cafetière en disant qu'il n'y avait plus de café et je lui ai dit de s'en aller au plus vite. Il a couru vers son auto et s'est installé sur son siège sans remarquer que j'étais juste derrière lui, mon vieux Sac-à-puces dans les bras. Il n'a pas remarqué non plus que quelqu'un avait attaché YarkiDégueu à son pare-chocs arrière.

Mon père, paniqué, le pied au plancher

YarkiDégueu

Sac-à-puces, en train de regarder partir son précieux jouet chéri

Mon père conduit déjà trop vite en temps normal, mais quand il est en retard pour le travail, il décolle comme une fusée. Je m'étais dit que, quand Sac-à-puces verrait partir YarkiDégueu, il courrait derrière l'auto quelque temps, tout en pompant l'air comme le vieux chien qu'il est, jusqu'à ce qu'il se fatigue et qu'il soit complètement perdu. Alors, quelqu'un le ramasserait et le ramènerait chez nous. J'avais calculé qu'il serait probablement de retour vers la fin de la semaine et qu'à ce moment-là, j'aurais eu la permission de soumettre une photo d'un petit faon tout mignon, d'un cygne blanc éblouissant ou d'un autre animal pour le travail d'Isabelle, parce que je n'aurais plus d'animal de compagnie — le mien aurait déguerpi!

Tiens, pourquoi pas un cygne danseur de ballet?!

Mais ça ne fonctionne pas comme ça, l'hérédité chez les chiens, j'imagine. Il y a longtemps, les gens qui voulaient inventer le beagle ont pris les deux animaux les plus beagliens qu'ils ont pu trouver dans les alentours. Puis, quand ces deux chiens beagliens ont eu des chiots, ils les ont croisés avec d'autres chiens super-beagliens, jusqu'à ce que finalement, après avoir fait la même chose un zillion de fois, ils aient obtenu le beagle tel qu'on le connaît de nos jours.

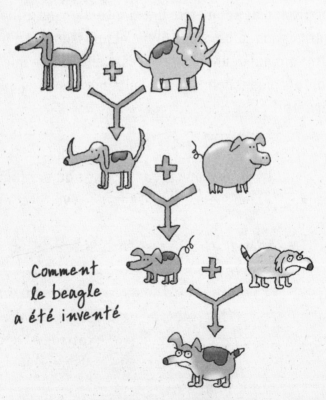

Comment
le beagle
a été inventé

Je n'ai jamais vraiment réfléchi à ce que ces gens-là ont voulu faire avec les beagles. J'ai toujours pensé que les beagles avaient été croisés pour puer et pour déranger tout le monde, par exemple à l'intention des propriétaires qui voulaient quelque chose pour déterrer les fleurs de leurs plates-bandes, mais qui avaient peur que les voisins ne veuillent pas d'une mouffette.

SCOUIC

Bave de ténacité ↗

Mais on dirait bien qu'ils ont plutôt été croisés pour poursuivre des choses, des choses qui vont vite... des renards, par exemple, ou — comme aujourd'hui — des jouets à mâchonner attachés à des voitures en marche.

Sac-à-puces a détalé comme un lièvre. Je ne l'avais jamais vu courir aussi vite! J'entendais à peine crisser les pneus de l'auto de mon père, à travers le bruit que faisait le grattement des griffes de mon chien sur l'asphalte. Sac-à-puces a rattrapé l'auto en deux temps, trois mouvements et il a mordu solidement dans son YarkiDégueu.

J'ai aussi constaté aujourd'hui une autre
caractéristique pour laquelle les beagles ont été
croisés : **Ne jamais lâcher!** Sac-à-puces n'aurait
lâché son YarkiDégueu pour rien au monde, pas même
pour éviter de se faire traîner derrière une voiture.

Heureusement (pour Sac-à-puces), mon père n'a
fait qu'un coin de rue avant de devoir s'arrêter.

Pour des médicaments? Pour de l'essence? Non...

ÉCUME
MOUSSE
BAVE

Pour un café! Les adultes ont le sang pratiquement rempli de café, et mon père encore plus que les autres, je pense. Comme il n'en avait pas eu à la maison, il était prêt à arriver en retard au travail pour une simple tasse de son précieux liquide. (« Faut de la caféine dans la machine », comme il dit toujours.)

En sortant de l'auto, il a découvert deux choses : que Sac-à-puces était là, encore accroché au YarkiDégueu, et − en regardant le distributeur de journaux devant le café − qu'on était dimanche.

Papa devant son chien encore fumant

CAFÉ

Quand mon père est rentré à la maison, il n'était vraiment pas de bonne humeur! Je me suis excusée autant que j'ai pu de m'être trompée de jour, alors il s'est contenté de grogner un peu, de me remettre Sac-à-puces (plus ébouriffé et plus sale que jamais) et de retourner se coucher.

Mon plan avait donc échoué. Je ne pourrais jamais me débarrasser de Sac-à-puces. Mais je n'avais pas prévu le **Facteur Maman**.

C'est cet après-midi que ma mère nous a dévoilé sa grande surprise.

Tu te rappelles, la semaine dernière, quand elle était tout excitée parce que quelqu'un avait téléphoné pour elle? Eh bien, c'était la Brunet. Elle a demandé à ma mère sa recette de pain de viande parce qu'elle voulait faire une version **nouvelle et améliorée** de celui de l'école.

Tous les profs connaissent les talents culinaires de ma mère. L'an dernier, les carrés au citron qu'elle a apportés pour la vente de pâtisseries ont rendu une douzaine d'enfants sourds pendant trois jours.

Et il y en a un qui dit que tout goûte le citron depuis.

Ma mère nous a raconté qu'elle avait préparé un petit pain de viande (tu te souviens du jour où on a senti sa cuisine, mais où on a eu de la pizza?) et qu'elle l'avait apporté chez Mlle Brunet. Mlle B. y a goûté et a demandé à ma mère de lui en faire une tonne pour l'essayer cette semaine, à l'école.

D'après ma mère, Mlle Brunet sait que les élèves détestent le pain de viande de l'école et elle pense que les talents de cuisinière de ma mère permettront de régler le problème. Ma mère est tellement fière que, mon père et moi, on a évité soigneusement de lui dire quoi que ce soit pour la décourager. Mais j'ai entendu mon père téléphoner en cachette à notre agent d'assurances pour être certain qu'on était couverts si jamais ma mère empoisonnait toute l'école.

Ma mère a donc passé la journée à faire ses pains de viande.

J'étais dans la salle familiale, en train d'essayer de respirer le moins possible les vapeurs de pain de viande, quand j'ai vu Sac-à-puces entrer dans la cuisine et en ressortir aussi vite. Il a gratté à la porte pour que je le mette dehors. Quand j'ai ouvert la porte, il s'est élancé sur le trottoir, puis dans la rue.

Je l'ai regardé s'en aller jusqu'à ce qu'il disparaisse de ma vue.

Quand j'ai jeté un coup d'œil dans la cuisine, j'ai vu ce que Sac-à-puces avait vu. Pas seulement quelques pains de viande : toute une armée de pains de viande en forme de ballons de football, empilés sur les comptoirs.

Alors, j'ai compris : Sac-à-puces avait bien fait le calcul. Il connaît exactement la quantité de restes qu'on le force à manger chaque fois que ma mère fait du pain de viande. Et il n'a pas pu supporter l'idée de devoir en ingurgiter autant...

Ma mère a toujours dit qu'un jour, on apprécierait sa cuisine. Elle avait raison : aujourd'hui, je l'apprécie.

Ô glorieuse puanteur !

Lundi 23

Cher journal,

Eh oui! Sac-à-puces est parti, mais Isabelle refuse **toujours** de me laisser une chance. Elle dit que, selon la loi, tant qu'un chien n'est pas parti pour toujours ou qu'il n'a pas été donné officiellement, ou tant que le chien — ou la tortue — n'a pas été remplacé par un autre chaton, il appartient toujours à son propriétaire. Donc, Sac-à-puces est encore mon chien et c'est sa photo qu'elle va mettre dans son collage.

Quand je lui ai demandé si elle avait voulu dire « chiot », plutôt que « chaton », elle a recommencé à paniquer et elle a dit que ça pouvait être un chiot ou un chaton, peu importe, et que de toute façon, ça n'était pas ses chatons.

Et puis, elle a ajouté que je n'avais pas besoin de lui donner de photos. Elle avait déjà des photos de moi et de Sac-à-puces, et elles feraient très bien l'affaire.

Les photos qu'elle a probablement en réserve →

Il me semblait que ce serait un bon jour pour avoir une longue conversation avec M. Prince, pour faire le point sur nos sentiments, peut-être, et pour voir s'il pourrait faire renvoyer Isabelle temporairement.

J'ai décidé de lui donner un indice en sculptant la tête d'Isabelle avec ma purée de pommes de terre et en lui piquant une fourchette dans l'œil.

CHLOC
CHLOC

Mais il n'a rien remarqué. Il n'était pas à côté de la poubelle, aujourd'hui. Il était dans un coin, en grande conversation avec Mlle Angrignon. Je suis sûre qu'il lui parlait de mon cas. Il tient tellement à moi...

Je pense qu'Henri m'a peut-être dit **bonjour**, mais je n'ai pas vraiment fait attention. J'étais bien trop absorbée par le conte de fées romantique qu'est ma vie en ce moment... même si je ne peux pas dire exactement si je suis la princesse ou la grenouille. (Mon devoir sur les contes de fées, pour M. Ernest, ne sera pas facile...)

Il faut dire aussi que j'étais affamée et que je regrettais de ne pas avoir mangé la tête d'Isabelle plutôt que de la jeter à la poubelle.

Mais... Attends une seconde! Pourquoi est-ce qu'Isabelle m'a encore parlé des chatons?

Mardi 24

Cher toi,

C'est la toute première chose que j'ai demandée à Isabelle ce matin. Je lui ai aussi demandé si ses voisins avaient récupéré leurs chatons et si les chatons étaient contents, maintenant, et si les chatons, **les chatons, LES CHATONS!**

Elle n'a pas pu résister. Elle sait qu'elle ne peut pas me mentir. Il était temps qu'elle arrête d'essayer.

*Je la tenais,
et elle le savait...*

Alors, elle m'a avoué que ça lui était venu tout à coup pendant le cours d'arts : personne n'a un animal de compagnie plus laid que le mien. Personne, sauf elle. Elle a une tortue.

Elle a donc usé de tous ses pouvoirs de persuasion pour convaincre son père de l'emmener au centre commercial pour acheter un chaton, puisque tout le monde sait que c'est le plus mignon et le plus adorable petit animal du monde.

Mais Isabelle dit qu'après une semaine à peine, l'adorable mignonnerie des chatons commence à s'en aller. Or, elle voulait absolument que son animal soit le plus mignon de toute la classe, pour que tout le monde dise qu'elle était aussi la plus jolie.

Alors, elle a dit à son père que le chaton s'était sauvé et elle a tellement pleuré qu'il l'a emmenée en acheter un autre. (Tu sais bien, cher toi, qu'Isabelle est imbattable pour les fausses crises de larmes.)

Comme le nouveau chaton a commencé, lui aussi, à perdre sa mignonnerie après quelques jours, elle l'a remplacé encore une fois. Elle garde les deux premiers dans sa chambre jusqu'à ce qu'elle ait terminé son devoir.

Tu vois? La mignonnerie des chatons, ça s'use. Qui l'aurait cru?

Donc, je la tenais, hein? De ma plus belle voix d'avocate de télé, j'ai déclaré que son véritable animal de compagnie, c'était sa **TORTUE**, et que c'était la photo de sa **TORTUE** qu'elle devait afficher.

Mais elle a repris son air de conspiratrice et elle m'a fait un de ses sinistres petits sourires typiquement isabelliens.

« Eh bien, non! Hier soir, les chatons n°s 1 et 2 ont mangé la tortue. C'est horrible, mais tout est bien qui finit bien! »

« Et moi? Ça ne finit pas bien pour **moi!** »

Ce à quoi elle a répondu – tiens-toi bien :

« Mais tu t'en fiches, toi, avec tes trois amoureux! »

« **Mes trois amoureux?** Qu'est-ce que tu racontes? »

Elle ne m'a pas répondu. Elle a seulement dit qu'elle avait des photos encore pires de moi et de Sac-à-puces et que j'avais intérêt à me tenir tranquille au sujet des chatons jusqu'à ce qu'elle ait fini son devoir. C'était pour mon bien, paraît-il.

Isabelle a des grands frères. C'est pour ça qu'elle est experte en chantage.

Autres photos affreuses qu'Isabelle a probablement en réserve. Je suis sûre que ses photos de moi ne sont pas mieux.

Mercredi 25

Cher journal,

On a remis nos travaux d'arts aujourd'hui. Isabelle m'a regardée d'un air féroce en brandissant ses pires photos de moi et de Sac-à-puces, juste pour que je me tienne tranquille.

PHOTOS TROP HORRIBLES
POUR ÊTRE MONTRÉES,
MÊME DANS MON PROPRE JOURNAL

Angéline, elle, n'arrêtait pas de me regarder comme si elle s'attendait à ce que je dise quelque chose. Mais je n'avais rien à dire... Je suis soit une Brunet, soit un beagle. Valait mieux me taire.

Ma vie
est un cauchemar.
Et la vôtre?

En plus, à l'heure du dîner, Pinsonneau est venu me parler. Il jacassait tellement fort que je n'ai rien entendu de ce que M. Prince et Mlle Angrignon se disaient. Mais comme ils riaient, j'ai supposé que j'avais dit quelque chose d'amusant.

La seule bonne nouvelle, j'imagine, c'est qu'Henri et Angéline étaient assis ensemble. Je suis contente qu'elle me l'ait enlevée de dans les pattes... (Hein? Quoi? Je n'ai pas écrit ça? D'ailleurs, je retire ce que j'ai dit...)

Ça montré, en tout cas, à quel point je tiens à ce que M. Prince attende langoureusement que je sois adulte.

Il pourrait sculpter des statues de moi en attendant...

Statue de moi en granit →

Statue de moi en marbre ←

Statue de moi sculptée dans une plus grande statue de moi →

Jeudi 26

Cher nul,

La Brunet est revenue, et le pain de viande de ma mère aussi!

On savait tous que ça viendrait un jour. Mais je ne m'attendais pas à ce que ma mère vienne aussi. Quand ta mère se montre à l'école sans s'annoncer, tu te dis que soit ta maison a brûlé, soit elle a lu ton journal.

Mais ma mère voulait seulement voir les élèves apprécier son pain de viande. Elle m'a déclaré, tout excitée :

« Je t'avais dit que tu apprécierais ma cuisine, un jour! »

Les élèves venaient de s'attabler devant le pain de viande de ma mère quand Mlle Angrignon est entrée de son pas dansant dans la cafétéria et a commencé à accrocher les collages de photos. Je savais déjà que ça serait horriblement embarrassant. Je me suis demandé de quoi auraient l'air mes premiers thérapeutes.

C'est alors qu'un des élèves s'est mis à hurler comme s'il s'était fait poignarder dans la bouche.

Le pain de viande!

Un autre élève est sorti de la caf en se couvrant la bouche, puis un troisième. Ma mère avait l'air plutôt inquiète, mais la Brunet paraissait ravie. Étrangement ravie, même.

Comme si c'était exactement ce qu'elle avait planifié...

C'est à ce moment-là que j'ai compris. Pendant que la cafétéria se vidait de ses élèves, pris d'un terrible mal de coeur, je me suis rendu compte que le plan diabolique de la Brunet ressemblait beaucoup à celui d'Isabelle, qui cherchait toujours à mieux paraître PAR COMPARAISON.

La solution que la Brunet avait trouvée, c'était de faire manger aux élèves un pain de viande **encore pire** que celui de l'école... qui paraîtrait alors moins dégueu PAR COMPARAISON.

LE PAIN DE VIANDE
DE L'ÉCOLE

LE PAIN DE VIANDE
DE MA MÈRE

Il n'y avait plus personne dans la caf, à part moi et Angéline – qui n'avait pas encore pris une bouchée de son pain de viande. Elle s'est dirigée tout droit vers le collage d'Isabelle, a arraché la photo de Sac-à-puces et l'a remplacée par une autre photo, qu'elle a sortie de sa poche.

C'était un beagle magnifique, éblouissant et parfaitement brossé, comme on en voit sur la couverture de *L'Écho des beagles*.

« C'est Sac-à-puces », qu'elle a dit.

Sac-à-puces, complètement transformé

Petite attaque cardiaque féminine

« Je l'ai trouvé en train de fouiller dans nos poubelles, hier soir. Il était tout sale et tout ébouriffé, alors je l'ai lavé un peu. On aurait dit qu'il s'était fait traîner par une auto, tu t'imagines?

« J'ai commencé par le rincer à l'eau minérale tiède, après quoi je lui ai fait un massage avec du shampoing pour bébés dilué. J'ai employé une base d'aloès enrichie de protéines pour sa tête, puis j'ai ajouté progressivement un intensificateur d'éclat hydratant le long de son dos. Je lui ai fait les jambes avec un shampoing aux herbes, bien sûr, et pour finir, je lui ai frotté la queue au peroxyde pour faire ressortir le blanc. Ensuite, j'ai appliqué un revitalisant multiplex, avec quelques modifications de mon invention pour tenir compte des complexités du poil de beagle, et j'ai raccourci un peu son poil avec les ciseaux d'argent à amincir que j'ai achetés sur eBay. Il y en a seulement six de ce modèle-là qui ont été fabriqués, et les cinq autres ne sont jamais sortis de Hollywood.

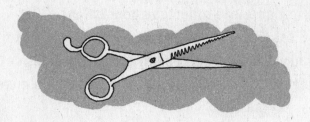

« Je me suis dit que c'est de ça qu'il devrait avoir l'air, sur sa photo. Il est chez moi en ce moment. Tu pourras venir le chercher quand tu voudras. »

Et elle m'a remis l'horrible photo de Sac-à-puces qu'elle venait d'arracher. Il y avait vraiment un **monde** de différence entre l'« avant » et l'« après »!

Je n'en revenais pas. J'ai demandé à Angéline où elle avait appris le toilettage pour chiens.

« C'est comme pour les humains, tu sais. En fait, mes cheveux sont exactement comme les poils de Sac-à-puces. Ou plutôt comme les cheveux de ma mère, ce qui est encore pire.

« Ma mère est aussi pourrie en coiffure que la tienne en cuisine. Quand j'étais petite, tout le monde riait de moi. J'ai dû apprendre à m'occuper de mes cheveux moi-même. J'ai regardé des livres, j'ai épluché des magazines. J'examinais même les cheveux des gens assis devant moi au cinéma. J'ai appris tout ce qu'il y avait à apprendre. Si je n'en avais pas pris soin moi-même, mes cheveux seraient exactement comme ceux de ma mère. »

C'est terrible, mais je commence presque à plaindre Angéline.

« Mais il y avait une fille, à la maternelle, qui était gentille avec moi », a ajouté Angéline en pointant le doigt vers la photo de Mlle Brunet enfant, dans notre collage.

« La petite Brunet? »

Alors, Angéline a pris la photo au mur et me l'a donnée en disant :

« Voyons donc! Je n'aurais jamais pensé que tu laisserais la blague durer si longtemps. J'étais sûre que tu allais craquer. »

MANUCURE
TRÈS RÉUSSIE

À l'endos de la photo, dans une écriture maladroite d'enfant de la maternelle, ça disait : « À Annie, de Jasmine ».

C'était mon écriture! Ça n'était pas une photo de la petite Brunet. C'était une photo de MOI!!!

Tout à coup, je me suis rappelé que j'avais déjà vu la mère d'Angéline. Et qu'à cette époque-là, les cheveux d'Angéline étaient tout aussi affreux que ceux de sa mère.

C'est donc moi qui avais **donné** ma photo à Angéline, à la maternelle! Pour me faire une blague, elle l'avait fait passer pour une photo de la Brunet. Angéline m'avait fait une **BLAGUE!!!**

« Alors, on était ensemble à la maternelle? »

J'étais complètement sonnée...

« Ouiii! Tu te rappelles? J'étais incapable de dire "Angéline" comme il faut. J'avais un défaut de prononciation. Alors, je me faisais appeler "Annie". Comme on a déménagé à l'autre bout de la ville l'été suivant, je suis allée dans une autre école primaire. C'est pour ça qu'on ne s'est pas revues avant le secondaire.

Donc, Angéline et moi, on était amies à la maternelle? Je n'ai vraiment pas beaucoup de souvenirs de la maternelle...

Angéline s'est rassise et a pris une bouchée de pain de viande.

« Tu manges le pain de viande de ma mère? »

Pour toute réponse, elle a pointé sa fourchette en direction de ma mère, assise toute seule – et toute déprimée – à la table du coin, les yeux fixés sur les piles d'assiettes pleines de son pain de viande encore fumant, dont personne n'avait voulu.

Alors, je me suis assise à mon tour et j'ai commencé à manger moi aussi. Je devais bien ça à ma mère. Après tout, c'est son pain de viande qui a conduit Sac-à-puces jusqu'à Angéline, pour qu'elle lui fasse sa toilette, et c'est lui aussi qui a fait fuir les élèves assez longtemps pour qu'on puisse enlever du mur la prétendue photo de la petite Brunet.

Il a beau donner mal au cœur, je suis sûre qu'aucun autre pain de viande n'aurait pu en faire autant...

MA MÈRE

Incroyable!
Angéline est
jolie même quand
elle se retient
de vomir!

La cloche a sonné. En sortant de la caf, j'ai collé l'horrible photo de Sac-à-puces à l'endroit où se trouvait celle de la fausse petite Brunet, dans notre collage. Ma mère a fait semblant de désapprouver, mais en réalité, elle était plutôt contente de moi.

Quelle journée, cher nul! Mais comme mon travail sur les contes de fées est pour demain, on ferait mieux d'arrêter de « placoter » si je veux commencer...

Mlle Brunet

Avant   Maintenant

Je regrette presque que Sac-à-puces ne soit pas plus laid...

Vendredi 27

Cher toi,

Comme toujours, M. Ernest m'a choisie pour présenter mon travail en premier. Je lui ai dit que j'avais pris plusieurs contes différents.

J'ai commencé par parler de la sorcière, dans Blanche Neige. Elle s'est servie d'une pomme empoisonnée pour éliminer sa rivale, qui était plus belle qu'elle, mais elle aurait bien pu prendre du pain de viande. Les contes de fées nous rappellent qu'il y a vraiment des gens méchants partout.

Mais les contes de fées sont courts, alors ils ne disent pas tout. Par exemple, sais-tu qui a dû laver les cheveux de Raiponce après que le prince a marché dessus avec ses grosses bottes pleines de boue? Raiponce, bien sûr!

Et tu penses peut-être que ces princesses-là ont la vie facile, mais certaines ont commencé par être des vilains petits canards, et il y a peut-être des cygnes qui vont finir leurs jours en vilains petits canards. Les fées réussissent ce genre de transformation.

Le vilain petit canard qui est devenu un grand canard encore plus vilain

Puis, j'ai regardé Isabelle droit dans les yeux en finissant ma présentation, et j'ai dit que Hansel et Gretel avaient fait une erreur avec leurs miettes de pain. Ils ont failli se faire manger à cause de ça, mais ils sont restés unis et ils ont réussi à sortir de la forêt en un seul morceau. Isabelle savait ce que je voulais dire.

Mais j'avoue que je n'ai pas vraiment compris l'histoire du prince Grenouille.

La veine de M. Ernest n'a presque pas palpité, ce qui veut dire que j'ai eu un B. Je me suis réconciliée avec Isabelle au dîner. C'est une bonne chose parce qu'on dirait bien que M. Prince (celui qui était beau comme un cœur, tu te rappelles?) est parti pour toujours, maintenant que la Brunet est revenue. Je suis certain qu'il va m'écrire quand il sera installé dans sa nouvelle école.

J'ai dit à Isabelle que son chaton était le plus mignon des animaux, sur les photos, et elle m'a dit que Sac-à-puces n'avait jamais été aussi beau.

Je reconnais qu'Isabelle est diaboliquement rusée.

Je lui ai raconté l'histoire d'Angéline. Elle n'a pas cru qu'on avait pu se connaître à la maternelle. Mais hier soir, après avoir fini mon travail, j'ai ressorti mes vieux papiers d'école et j'ai trouvé une photo. L'écriture, à l'arrière, était parfaitement illisible, mais je pense vraiment que ça pourrait être Angéline.

RECTO

On dirait bien que c'est Angéline à la maternelle!

Et voici ce qu'elle a écrit au verso.

J'ai dit à Angéline que j'irais chercher Sac-à-puces demain, et elle m'a dit qu'elle pourrait faire mes cheveux si je voulais.

Penses-y deux minutes : **c'est comme si Einstein t'offrait de t'aider à faire ton devoir de maths!**

Comme si ma mère t'apprenait les sinistres secrets de l'empoisonnement...

Comme si M. Prince enseignait l'art d'être beau comme un cœur...

ou encore comme si un parent – n'importe lequel – donnait des leçons sur la façon d'embarrasser les enfants.

yak yak yak

Samedi 28

Cher nul,

Comme tu peux le voir, j'ai collé la photo d'Angéline dans mon journal et je l'ai apporté chez elle pour lui demander si c'était vraiment elle. Elle a dit que oui, et elle était tout excitée que j'écrive un journal parce qu'elle dit qu'elle en écrit un, elle aussi.

Je ne sais pas pourquoi, mais je m'attendais à ce que la maison d'Angéline soit remplie de délicates licornes roses.

Et puis, elle m'a demandé si elle pouvait le lire.

Aïe! Comme j'ai peut-être écrit une ou deux petites choses pas très gentilles sur Angéline et que je voulais vraiment, VRAIMENT qu'elle fasse mes cheveux, je lui ai dit que je la laisserais lire les poèmes que M. Prince m'a envoyés, mais pas plus.

Angéline a eu l'air un peu étonnée. Elle a lu le premier poème avec un drôle de sourire. Puis elle a lu le deuxième et elle s'est écriée en riant :

« Ce n'est pas M. Prince qui a écrit ça! »

« Comment le sais-tu? »

Je commençais à me fâcher... mais pas assez pour me passer de son traitement capillaire royal.

« Écoute, Jasmine. Je reçois tout le temps des notes, alors je connais l'écriture de tous les gars de l'école. Ça, c'est l'écriture de Michel Pinsonneau. Tu vois? M.P., ce n'est pas M. Prince, c'est Michel Pinsonneau. »

L'espace d'une seconde, j'ai eu l'impression que le goût du pain de viande d'hier me remontait dans la bouche.

« Pinsonneau n'est pas bon seulement pour donner des surnoms, mais aussi pour écrire des poèmes. Il a le tour avec les mots, faut croire. »

Ouais, c'était bien le goût du pain de viande d'hier...

« D'ailleurs, M. Prince sort avec Mlle Angrignon. Au début, il pensait probablement qu'elle était un peu trop vieille pour lui, mais c'est peut-être la photo d'elle, dans notre travail d'arts, qui l'a fait changer d'idée. »

Qu'elle aille au diable, avec ses poses sexy!

Mlle Angrignon

Avant   Maintenant

« De toute façon, Jasmine, si jamais un prof ou un autre vieux de cet âge-là t'écrivait des poèmes comme ça, il faudrait l'envoyer à la Prison des Pépères Pervers. T'es en première secondaire! Sérieux! T'as pas cru ça pour de vrai? »

Je ne savais pas quoi dire. Angéline avait raison.
J'ai tourné les pages jusqu'au troisième poème, un peu
gênée, mais quand Angéline l'a vu, elle a complètement
changé d'air.

Elle s'est écriée :

« Prends ton chien, et puis va-t'en! »

Juste comme ça...

« Comment ça, m'en aller? »

« Va-t'en! Fous le camp! T'auras pas de coupe de cheveux. Pas de coiffure. Pas de mèches. Pas d'hydratant. Pas de lissage. Pas de revitalisant, et certainement pas de SHAMPOUINAGE ZONAL! »

Elle m'a fourré Sac-à-puces dans les bras et nous a poussés vers la porte. Je ne sais pas si c'est moi ou mon chien qui était le plus déçu de s'en aller...

« Mais pourquoi, Angéline? Qu'est-ce que j'ai fait? »

« Ce poème-là, le plus mal fichu... C'est l'écriture d'**Henri**. Alors, tu penses vraiment que je vais t'arranger les cheveux pour t'aider à le ravoir? »

Et elle a claqué la porte.

Alors, ça existe vraiment, le **shampouinage zonal?** Tu imagines ce que j'aurais pu devenir?

Dimanche 29

Cher toi,

J'ai parlé à Isabelle au téléphone, ce matin, et elle m'a dit que, si Angéline gardait sa technologie coiffurienne pour elle, ça prouvait que j'avais raison l'autre jour : les belles jeunes filles des contes de fées sont effectivement à la source de tous les problèmes. Ça et la jalousie.

Isabelle m'a avoué que, si elle avait refusé de changer d'idée pour son collage, c'était parce qu'elle était jalouse de moi. Il y a des semaines, quand j'ai essayé mon shampouinage zonal sur Henri et que M. Ernest m'a emmenée à l'infirmerie, je n'ai pas vu la réaction de ce pauvre Henri. Mais Isabelle a vu de l'**Amour Passion** lui sortir par les oreilles. Le shampouinage zonal avait fait effet...

Mais pas parce que ça sentait bon. Il y a seulement Angéline qui aurait pu me montrer comment faire. Parce qu'Henri me trouvait **drôle!**

Et puis, quand Isabelle a vu de l'Amour Passion sortir aussi par les oreilles de Michel Pinsonneau et qu'elle a cru que M. Prince m'envoyait des poèmes, elle n'a pas pu se retenir. Elle s'est transformée en **Méchante Reine Jalouse et Assoiffée de Vengeance.**

Après avoir raccroché, j'ai essayé de m'y retrouver dans toute cette histoire de prince Grenouille.

Pour M. Prince, j'étais une grenouille, mais lui, il était un prince pour Mlle Angrignon. Pour Henri, j'ai été d'abord une grenouille, puis une princesse, et me voici redevenue une grenouille. Alors, on dirait bien que je suis à la fois une princesse **et** une grenouille.

Un peu plus tard, on a sonné à la porte. Il y avait une enveloppe sur le perron. Je l'ai ouverte et j'y ai trouvé un poème :

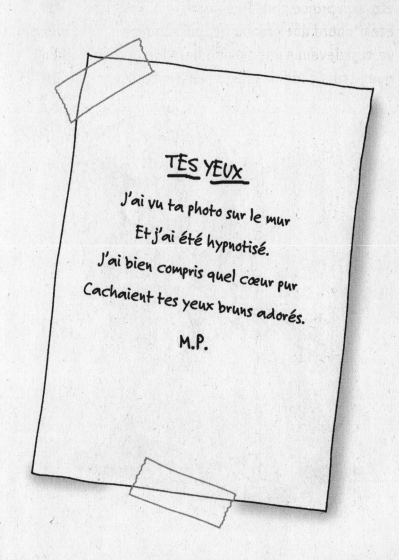

TES YEUX

J'ai vu ta photo sur le mur
Et j'ai été hypnotisé.
J'ai bien compris quel cœur pur
Cachaient tes yeux bruns adorés.

M.P.

Alors, j'ai su que j'étais vraiment une princesse...
C'est seulement Michel Pinsonneau, d'accord, mais
c'est mieux que rien. Au moins, **je suis une VRAIE
PRINCESSE!**

Puis, j'ai relu le poème. Le problème, c'est que je n'ai pas les yeux bruns. Personne, dans la famille, n'a les yeux bruns...

En retournant l'enveloppe, j'ai constaté qu'elle était adressée à Sac-à-puces. J'imagine qu'il a eu l'idée de lui écrire son poème en voyant le travail d'Angéline. Quand je pense à l'air que mon affreux petit chien avait au départ, je me dis que c'est lui, le vrai prince Grenouille, dans toute cette stupide histoire de contes de fées. En tout cas, si je dois céder mon trône à quelqu'un, aussi bien que ce soit à lui...

Merci de m'avoir écoutée, cher nul.

Jasmine Kelly